Sigrid Sonberg

Zwischen Rosen und Rosmarin

1. Auflage 2019
Copyright: Sigrid Sonberg © 2019
A 8503 St. Josef;
www.sigrid-sonberg.at
sonberg@utanet.at
Covervorlage: shutterstock
Gestaltung: Barbara Reisinger
Herstellung und Verlag:
BoD- Books on Demand, Norderstedt
ISBN: 978-3-7494-9827-7

Zwischen Rosen und Rosmarin

Es war vor nicht allzu langer Zeit und liegt gar nicht weit zurück. Es geschieht vielleicht sogar gerade jetzt. Ich erzähl's euch aber im ‚Es war', damit es wie ein Märchen klingt. Ihr wisst ja, ein Märchen wirkt wie ein magischer Spiegel, zeigt Wahrheiten ein wenig verdreht und doch ganz klar. Es wirkt tief in uns. Ein Märchen bringt uns zum Sinnieren, zum Schmunzeln, ganz ohne *Stirnunzeln*.

Es war in Kleinreichenbach. Gerade war etwas Unerklärliches geschehen, aber es wunderte sich niemand darüber. Das heißt, alle gemeinsam wunderten sich nicht, fragten nicht nach. Nur jeder und jede für sich, wunderte sich im Geheimen mit einem Anflug von Grusel. Wie konnte ein Mann nur so absonderlich zu Tode kommen? Und dann noch der Bürgermeister! Aber, von vorne.

Kleinreichenbach hatte einen großen Bürgermeister gehabt. Groß von Statur und Bedeutung, wie es sich gehört. Leider in Ausübung seines Amtes gerade verstorben, gedachte man seiner hinterrücks nicht nur in Würden. Wegen seiner Frauengeschichten und Trinkgewohnheiten wurde geredet, nur eben nicht darüber, dass der Bürgermeister auf abstruse Weise zu Tode kam. Denn - wie konnte er sich von einer Tür erdrücken lassen? Ein gesunder, kräftiger Mann schafft es doch einer vom Wind aufgeschlagenen Tür zu widerstehen, sollte man meinen. Dennoch, der mysteriöse Tod des Bürgermeisters wurde nicht untersucht. Vielleicht weil alle Kleinreichenbacher wussten, wie eng das Gebäude des Stadtamtes war und wie groß, wuchtig und vor allem schwer die zahlreichen Türen darin waren? Außerdem verwunderte keinen, dass der Wind so schwere Türen überhaupt aufschlagen konnte, und das verwundert nun doch.

Aber, wen wundert's – einzelne maulten hinter vorgehaltener Hand über das Ungeschick des Bürgermeisters. Vielleicht hatte er wieder getrunken? Sie erinnerten daran, dass erst vor fünf Jahren der alte Bürgermeister verstorben war. Auch in Ausübung seines Amtes im Amtsgebäude und hinter einer Türe. Der war aber einem Herzinfarkt erlegen und nicht einer Tür seines Büros zum Opfer gefallen. Seltsam trotzdem, meinten die wenigen und auch nur zuhause, wenn nicht sogar nur zu sich selbst.

Aber man dachte darüber nach, wer sich überhaupt noch eignen könnte Bürgermeister zu werden. Darüber redeten sie und es mehrten sich die Stimmen. „Vielleicht sollte es einmal eine Bürgermeisterin geben? Die haltet wohl mehr aus?!"

Die Umsetzung folgte bald. Dass die Wahl auf eine Rückkehrerin aus fernen Landen fiel, hätte verwundert, wenn es mehr Bewerberinnen gegeben hätte. So hatte Rosmarie Reinweber die Wahl schnell für sich entschieden, ohne viel Mühe. Rosmarie war in Kleinreichbach glücklich zwischen Rosen und Rosmarin bei ihrer Großmutter aufgewachsen. Manchmal hatte sie die Stimme der Großmutter im Ohr. Wenn die kleine grauhaarige Frau, die niemals weiß geworden war, aus den Pflanzenreihen des Gewächshauses der kleinen Gärtnerei auftauchte und ihrer Enkelin kleine Kräutergeheimnisse mitbrachte. Rosmarie hatte nur gute Erinnerungen an ihre Jugend und auch keine üblen an die alte Heimatstadt. Mag sein, dass manche Erlebnisse, manches Gerede oder ein Verschweigen von Peinlichkeiten nur verschüttet war von den vielen neuen Gedanken. Daran dachte sie nicht. Rosmarie nahm sich vor, ihre Aufgabe gut zu machen, ja besser zu machen, als man erwartete.

Die Kleinreichenbacher fanden sie vertrauenswürdig, sie machte den Eindruck ein Maß an Welterfahrung mitzubringen. Dabei wirkte sie unbedarft, ehrlich. Bei ihr konnte man sich nicht vorstellen, dass sie auch nur irgendwie krumm dachte oder gar bestechlich sein könnte. Sie wirkte gesund, ihr Auftreten kraftvoll und sportlich. Das war von Vorteil und eine gute Vorraussetzung für dieses wichtige Amt.

Die wird die Türen schon überleben! Eigentlich beeindruckend jedoch waren ihre Augen. Die hatte niemand bemerkt, deswegen war sie nicht gewählt worden. Aber, es hatte eben keiner hineingeschaut. Hätten sie das getan, dann hätten sie gemeint in einen klaren Rauchquarz zu blicken und gar noch etwas bemerkt. Manchmal schimmerte es ihr aus den Augen, als verstreute sie eine Prise pulvriges Katzensilber, mit manchen Blicken, in manchen Momenten.

Gleich nach ihrem Amtsantritt empfand Rosmarie das Innere des Stadtamtsgebäudes recht eigen, ja befremdlich. In Anbetracht der Besonderheit des Gebäudes nahm sie sich aber vor, die räumlichen Gegebenheiten zu schätzen. Ursprünglich hätte es ein kleinstädtischer Vierkanter werden sollen. Erst während des Bauverlaufs hatte man erkannt, dass der Innenhof wohl winzig sei. So setzte man kleinen Raum mit einem Türmchen darüber. Über die Glasflächen der Turmfenster fiel Licht herein. Der kleine, zentrale Raum war also von hoch oben beleuchtet, darin befand sich das zweite und gleichermaßen das innerste, ja fast geheime Büro dessen, der das Bürgermeisteramt ausübte.

Bald zeigte sich jedoch, dass auch Rosmarie wie ihre mehr oder weniger ehrwürdigen Vorgänger kaum dort drinnen saß, sondern viel mehr in den rundum angelegten, kleinen Büros zu tun hatte. Sie arbeitete also genauso zwischen den hohen, schweren, ja massiven Türen, die ebenso gut in den Palast eines Riesen gepasst hätten. Außerdem schlugen die knapp nebeneinander gelegenen Doppeltüren gegengleich auf. Das machte manchen Arbeitstag zu einem Parcours. Man musste jeden Ortswechsel mit Geschick und Umsicht angehen. Alle im Amt hatten diese seltsamen Hindernisse zu bewältigen und schwierig wurde es, wenn viele kamen oder gingen, oder man oft ein bestimmtes Örtchen aufsuchen musste. Doch, sie klagten nicht, hatten sich anscheinend eine Strategie zurechtgelegt und sogar noch mehr.

Jedenfalls, gleich zu Anfang brachte Rosmarie diese missliche Tatsache zur Sprache und dass man erwägen solle, die Anzahl der Türen zu reduzieren.

Alle Mitglieder des Gemeinderats waren dagegen. Sie wären viel zu kostbar und einmalig, um auch nur auf eine einzige zu verzichten. Und da hatten sie Recht. Jede der Türen wies einmalige Malereien auf, die von einem unbekannten Künstler aus dem vorvorigen Jahrhundert stammten. Und jede war anders, jede Türe erzählte ein Märchen aus alter Zeit. So sah man eine edle Frau unter fremdartigen Tieren, einen Riesen, der sich zwischen Hausdächern bewegte, eine Waldfrau mit ihrem Raben und einem schwarzen Wildschwein und andere Bilder. Eine der Türen zeigte die eigenwillige Abbildung einer Kampfszene: ein Mann und eine Frau, zwischen sich ein übergroßes Schwert, das im Boden steckte. Blüten und Kräuter säumten fast alle Bilder und webten einen lebendigen Rahmen. Nun ja, in der Tat, eigenwillig, besonders und einmalig. Rosmarie nickte. „Und wenn wir einige der Türen verschließen?"

„Ja das ginge schon gar nicht!" Es wär wider die Tradition, außerdem waren doch die Märchenbilder auch innen. Da erst bemerkte Rosmarie, dass die Bilder eine Szene von innen nach außen erzählten. Während die anderen einhellig verkündeten, „unsere Türen stehen für die Offenheit, für die vielen Möglichkeiten der Stadt, ja des Landes".

Schnell schwenkte man um auf das Thema, das bereits eine Weile die Gemüter erhitzte. Es betraf die

Pfeifenerzeugung im Ort, die einen wichtigen Wirtschaftsfaktor darstellte. Eine Manufaktur fertigte seit Jahrhunderten wundervolle Pfeifenmodelle, was seit Generationen von Hand von statten ging. Kunstvoll gearbeitete Pfeifen, die in *aller Herren Länder* versandt wurden. Neuerdings auch in *aller Frauen Länder*. Nun aber, da das Rauchen allseits untersagt oder eingeschränkt wurde, gab es Veränderung.

Was nutzte es da zu betonen, dass ja nur einheimische Kräuter von den Wiesen geraucht werden können und die sogar besser schmecken. Dass diese nicht schadeten wie der Tabak und seine Zusatzstoffe. Es nutzte nichts, die Nachfrage ließ nach. Rosmarie schlug vor, anderes zu erzeugen, wobei vielleicht Wissen und Kunstfertigkeit um die Bearbeitung besonderer Hölzer nützlich sein könnte. Der Vizebürgermeister knurrte, der Finanzabteilungsleiter murrte, der Bauamtsleiter maulte, die Bürgerservice-Zuständige schaute nachdenklich, der Gemeinderat beriet, vorerst jeder für sich anscheinend, denn sie alle hatten es eilig, ganz plötzlich wie verscheuchte Vögel waren sie weg.

Rosmarie blieb ein wenig verstört zurück. Wie von selbst liefen ihre Füße in ihr kleines Zentrumsbüro. Aus der Stille dort im Innersten des Hauses, hörte sie ihre Großmutter. Aus der Stille dort stieg ein Bild in ihr hoch. Wie die alte Frau gerade aus dem Kräutergarten mit einem Kräuter-Buschen in der Hand daherkam. Rosmarie stieg ein würziger Duft in die Nase.

Aus der Stille dort tauchten Ideen für dies und das auf. Gleich in der nächsten Sitzung schlug sie zwei, drei Ideen vor, kurz darauf begannen sich die Türen wie von selbst zu bewegen, weil einer nach dem anderen hinaus musste, zurück kam, etwas holen oder bringen musste. „Gegenwind", dachte Rosmarie und hatte Recht. Mit dem Wind, den die Türflügel erzeugten, wurde der Gegenwind spürbar.

Wenig später erhielt Rosmarie Besuch aus der Hauptstadt. Ein Abgesandter der Mächtigen, der das Wirtschaftsleben in Kleinreichenbach beleben sollte. Es gehe um neue Produkte, um Innovation, um Export. Rosmarie war beeindruckt von dem feschen Kerl in seinem Slim-Fit-Anzug und der extravaganten Hipsterbrille. Am Abend setzten sie das Gespräch fort bei Essen und gutem Wein in der feinen Kleinreichenbacher Gaststätte am Bach. Dabei entstanden Momente, da sprühten ihre Augen Katzensilber. Der Slim-Fit-Mann kannte solches nicht (wenn Katzensilber aus Augen sprüht) und so sagte es ihm nichts. Allerdings merkte er wohl, wie freundlich und offen Rosmarie geworden war. So kam er tags darauf gleich zur Sache. Es ginge um Metallverarbeitung und ums Militär, er meinte, man solle in anderen Dimensionen denken. Und er habe im ganzen Land nach dem rechten Ort mit einer gescheiten Stadtführung gesucht. Eine clevere Bürgermeisterin habe er hier gefunden.

„Mit dem Know-How im Sinne von alter Handwerkskunst könnte man doch etwas Anderes anfangen?", warf Rosmarie ein."

Der Mann sprach unbeirrt weiter. Tja, schließlich werden sich die Spezialisten darum kümmern, ob sie das brauchen können. Doch glaube er, das alles sollte sich richtig rechnen. Das Kapital, die Fachleute, das würde er organisieren. Rosmarie merkte nun deutlich, was er wirklich wollte. Und merkte vor Bestürzung kaum, dass gerade jemand von einer seitlichen Türe hereinspähte. Nur im Augenwinkel erfasste sie einen seltsam kleinen Mann, der eine Blume vor sich in der Hand hielt. Kaum bemerkt, schloss der Unscheinbare die Türe schnell und beinah ohne Geräusch. Draußen dann stand er ratlos da, aber so groß von Gestalt, dass er als Einziger gut in die großen Türen passte. Aber, er trug keinen Slim-Fit-Anzug, hielt unbeholfen nur eine Rose in der Hand. Und so war der Unscheinbare eben unscheinbar und gleich wieder weg.

Von diesem Tage an schlugen die Türen heftiger und öfter auf und zu, trotz dieser Belüftung wurde die Luft immer dicker. Vielleicht sogar genau deshalb, weil sie gepresst wurde. Rosmarie erhielt noch einmal Besuch von dem Mann. Da bot er ihr Geld und Gold und Bitcoins. Doch Rosmarie meinte, dass alte Werte und neues Wissen sich gerne hier in Kleinreichenbach treffen können, dass die Einheimischen viel damit anfangen wollten und dass es hier andere Produkte brauche, keine Waffen.

Der Gemeinderat beriet noch immer wegen der Pfeifenerzeugung, meinte erst so und dann anders, dann noch mehr anders und am Ende: Wir haben ja den großen Viehzuchtbetrieb, der eben eine neue Halle gebaut habe, dann noch die Pumpenerzeugung und das reiche fürs Erste.

„Und den Büchsenmacher noch!", meinte Rosmarie. Dazu sagte keiner etwas. Da bemerkte sie die Türen, wie sie sich bewegten, welchen Wind sie erzeugten. Dann bemerkte sie, wie eine der Türen einen Laut von sich gab, fast wie ein Raunen, oder gar ein Raunzen. Jetzt hätte sie gerne mit Großmutter gesprochen. Als sie das dachte, witterte sie etwas und wusste nicht, dass sie es wie ihre Großmutter tat. Rosmarie witterte Versprechen von Geld und Gold und Bitcoins. Und seltsamerweise hinter der Türe, die raunend raunzte.

Eines Tages schlug ihr die Türe vor der Nase zu, dass es sie ihren Kopf – oder nach Kleinreichenbacher Tradition - gar ihr Leben hätte kosten können. Nichtsdestotrotz änderte man nichts, die Türen blieben, wie sie waren, jederzeit zu öffnen, von allen Seiten strömte es, drängte es herein, Worte rieselten, umgarnten sie und alle, alle wollten und forderten. Hitze machte sich breit, manchmal saß Rosmarie nur da und wollte aufstehen, nur aufstehen. Aber sie konnte nicht. Tags darauf wollte sie durch die Türen gehen und weitergehen, konnte aber nicht, weil ihre Füße versagten. Sie konnte nicht denken, nicht lenken. Sie fühlte sich wie Tabak oder die Kräuter im Pfeifenkopf, wenn sie glühen und dampfen. „Nervenfieber!", flüsterte Rosmarie und sie hatte Recht.

Dann kam der Tag, an dem Rosmarie anderes witterte. Sie bewegte die Nasenflügel und wusste nicht, dass gleichzeitig das Katzensilber in ihren Augen aufleuchtete ohne dass ein Sonnenstrahl hineingefallen wäre. Sie folgte dem Geruch, der in ihre Nase gestiegen war solange, bis sie dort war. In ihrem kleinen Büro in der Mitte. Dort, wo sie schon lange nicht mehr wirklich nachgeschaut hatte. Ihre Augen wurden groß, klarer als sonst und sprühten Katzensilber. Denn es keimte und spross aus allen Ritzen und Fugen im Boden dem Licht von oben entgegen. Und es duftete und es war Rosmarin. Sie sog den Duft tief ein und pflückte sich einen Zweig. Rosmarie hörte die Stimme der Großmutter: „Wenn du traurig bist, hebt er dich hoch, wenn du wütend bist, klart er die Sicht, wenn du nichts tun kannst, dann gibt er dir Kraft und bewegt deine Händ. Und am End: Wenn's z'viel trunken hast, dann legst einen Rosmarinwickel auf die Leber! Das sollten's wissen die Leut, auch die mit einem Leberleiden und solche, die mit dem inneren Zucker ein Problem haben. Und das Wichtigste: Er stärkt dir deinen Kern, deine Kraft, dass die in der Welt da draußen ankommt!"

Sie öffnete das kleine Döschen, das sie um den Hals trug, tat das Rosmarin-Kraut hinein, schnupperte noch einmal daran, bevor sie das Döschen wieder schloss und umhängte.

Der frische aromatische Geruch trug sie nach hinten, auf die andere Seite der Sicht auf die Dinge des Lebens. Und sie hatte das Gefühl, dass in ihrem Inneren Türen lautlos aufschwangen, solche die sich zwischen Kopf und Bauch befinden. Sie wusste nun auch, dass die Türen vorher verklemmt waren, wie verkrampft und erstarrt.

„Warum schau ich die raunende Türe nicht genau an?" Während sie sich hinstellte und das Bild mit der Kampfszene betrachtete, wurde die zweite Tür aufgeschlagen und Rosmarie angerempelt, doch sie war nur benommen, nicht ohnmächtig, nicht tot. Sie schnupperte an dem Döschen, betrachtete die Bilder. Zuinnerst war die Kampfszene anders, das Schwert steckte im Boden und rundum wucherten Pflanzen. Auf der Außentüre lag das Schwert auf brauner Erde, ganz ohne Pflanzen. Mann und Frau kehrten sich den Rücken zu. Rosmaries Augen flogen von einen Bild zum anderen, hin und her. Dann wurde sie langsamer, ließ den Blick langsam schweifen, wieder hin und her und sie tat es für eine ganze Weile. „Ha, das ist kein Schwert!" Sie erkannte auf dem ersten Bild, dass es eine Pflanze war, die aus der Erde wuchs und nur so aussah wie ein Schwert. Auf dem zweiten Bild dann war es ein Schwert.

Nun erkannte Rosmarie, dass manche hitzigen Reden um dies oder das nur vernebeln sollten. Gerade eben war es das Hin und Her um die Pfeifenerzeugung. „Es vernebelt, wie es die dampfenden Pfeifen selber tun", dachte Rosmarie. Alles nur, um etwas ganz anderes zu verbergen. „Ha, der Büchsenmacher!" Gleich suchte sie den Mann auf, der in dritter Generation für die Jäger und Sammler Waffen-Spezialitäten herstellte. Er hatte die Halle des früheren Metzgers von nebenan dazugekauft. Darin wurde gewerkelt und gebaut. Eine ganz neue Fabrikation wolle er angehen, eine ganz neue Feuerwaffe habe er ersonnen. Kaum damit begonnen, habe er sie schon verkauft. So müsse er nun dazuschauen, meinte er. Und dass die Frau Bürgermeisterin nichts wisse, das überrasche ihn aber jetzt. „Weil ja der Vize noch meinte, dass es sie freuen tät, wo doch die Pfeifen wegkommen."

„Was hat das denn mit den Pfeifen zu tun?"

„So bau ich nun halt andere, Feuerpfeifen, ganz moderne und schnelle! Die in Großreichenbach, die werden schauen!"

Ja und bald würde der große Konzern von dort eine Fabrik bauen und noch mehr davon erzeugen. Jetzt konnte es Rosmarie riechen. So viel Macht, so viel Geld, so viel Gold und die Bitcoins.

Tags darauf begann sie von ihrem kleinen Büro aus die Hebel umzulegen, ohne Gemeinderat, vorerst ganz ohne zu fragen. Und sie verschloss die Türen bis auf die eine, die sie immer überblicken konnte. Kaum geschehen, stand der Abgesandte der Mächtigen aufs Neue in der Tür - nicht zu verkennen in seinem schicken Slim Fit Sakko. Während er sprach, hob er die Nase, sprach nicht von der Sache, nur von Geld und Gold und Bitcoins. Rosmarie warf ihn hinaus. Sie schlug hinter ihm auch noch die einzige offene Türe zu. Und wusste nicht, dass der Herr Lobbyist zwischen zwei Türen stecken geblieben war.

Als man am nächsten Tag die Türe öffnete, fiel ihnen ein eingetrockneter Mann entgegen. „Schon wieder ein Toter im Stadtamt? Wie eine Pflanze, die man in ein Buch gelegt und gepresst hat, so schaut der aus!", munkelten sie und wunderten sich alle gemeinsam, dass der noch atmete. Die Bügel seiner Brille standen seitwärts gerade wie Antennen ab, doch die Brille, fest in sein Gesicht gepresst, hielt trotzdem. Das wirkte etwas außerirdisch, das musste man zugeben, insgeheim natürlich. In der Gemeindezeitung stand´s dann nachzulesen. „Mann zwischen den Toren des Gemeindegebäudes trocken gepresst, aber am Leben". Letzteres mit einem Anflug von Genugtuung - endlich hatte einer überlebt. Sie wunderten sich aber – jeder nur für sich, dass der Getrocknete nur noch Englisch sprach. Das war ja nun vollkommen neu.

Rosmarie tat weiter und handelte ohne langes Zögern und Abwägen. Sie ließ einige der Türen nur manchmal öffnen, wie zum Beispiel am Tag der offenen Tür, da wurde es anderes zelebriert. Da wurde zum Rundgang geladen, alle sollten grad hinein und dann von innen in Richtung nach außen schlendern. Dabei solle man die Bilder nicht nur aufmerksam, nein, auch l a n g-s a m   blickeschweifend betrachteten. Rosmarie lädt seither jedes Jahr zu diesem *Slow Art*-Tag. Interessant fand man bald das Resultat, denn einige sahen wirklich Anderes, verblüffend Neues. Manche Leute, denen die

Türen gut bekannt waren, erspähten plötzlich Kleinigkeiten oder Farben, die sie vorher nicht gesehen hatten. „Wie grad neu hingemalt!", kicherten zwei Frauen und einige Männer sahen Dinge, die wohl nur in ihren Köpfen waren.

An solch einem Tag war es, da spazierte der Mann mit der Rose erneut zur Tür herein. Rosmarie bemerkte ihn und nach und nach, während ihre Gedanken nach hinten sprangen in ferne Zeit, fand sie eine Erinnerung aus der Kindheit. Ganz nahe vor sich, zum Greifen. „Richard?" Tja, der war's dann wirklich, ihr ältester Freund. Als sie seine männliche Stimme vernahm, klang es ihr sogar vertraut, obwohl die ja anders war, sehr anders als damals, oder nicht?

„Rosmarie! Klug warst ja schon immer!"

Sie nickte ihm lächelnd zu und meinte noch mehr, als er ihr eine Rose auf den Tisch legte. „Erst kürzlich war einer da, ein kleiner Mann, ha! Auch mit einer Blume!"

„Bin halt schnell gewachsen!" meinte er. „Kennst die Rose noch, die alte Sorte, die von deiner Großmutter?"

Rosmarie Reinweber nickte, ihre Augen sprühten Funken. Und ihr wisst schon, was jetzt geschieht. Jedenfalls, sie wurde bekannt im ganzen Land, nicht als jene große Frau mit dem Katzensilber, das in ihren Augen glimmert. Vielleicht als eine Frau, die vorher schnuppert, wenn sie sich in ihr Inneres, in ihr eigenes Zentrum begibt und sich dort umschaut. Sicher aber, als die Bürgermeisterin, die die Türen kontrolliert und darauf achtet, welche, wann zu öffnen sind.

Bald darauf wurde in Kleinreichenbach ein Türenwerk errichtet. Rosmaries Richard leitet das Werk mit Umsicht. Es gibt Handarbeit, Maßarbeit, Spezialitäten, praktisch, modern oder unkonventionell. Solche Türen, die Räume erschaffen; solche Türen, die kleine Räume weit werden lassen, oder solche die kalte Räume wärmen, oder solche die heiße Räume kühlen, oder solche die ganz neue Räume für Ungedachtes und doch Mögliches erschließen.

Als das Kleinreichenbacher Türenwerk für den kleinen Walliser Ort Gondo eine spezielle Tür lieferte, musste Rosmarie lächeln. Sie wusste von der Geschichte Gondos, eine von alten und neuen Goldgräbern, von Wasserkraft und Bitcoins. Und es kam ihr vor wie ein bekanntes Lied. Aber – damit sind wir bereits in einer anderen Geschichte, eine höchst interessante und sehr ähnlich wie die gerade gehörte und ganz nah am inneren Rand der Wahrheit. Aber, sind nicht alle Geschichten irgendwie miteinander verwoben? Wer weiß?

Jedenfalls sei hier noch berichtet, dass Rosmarie Reinweber die alte Gärtnerei ihrer Großmutter neu eröffnete und daraus das Kleinreichenbacher KräuterParadies entstand.

Danach ereignete sich noch eine absonderliche Geschichte. Darin spielt eine Pflanze eine große Rolle. Ein Kräutl namens Hauhechel, das plötzlich in und um Kleinreichenbach wucherte und wucherte und nicht ohne Grund. Diese Ereignisse sind ebenso ziemlich nahe am inneren Rand der Wahrheit, nicht aus der Luft gegriffen sondern aus der Erde gewachsen. Und ich erzähl sie euch das nächste Mal.

Sigrid Sonberg schreibt kurios-märchenhafte Kurzgeschichten, Ratgeber, Romane und erhielt öffentliche Förderpreise in der Sparte Jugendliteratur. Sie gestaltete Lese-Förderveranstaltungen und Buchprojekte mit und an Schulen, bietet Schreibworkshops wie ‚Die Kunst von der Natur zu lernen', sowie Naturimpuls-Einstimmungen nach ihrem Buch: „Befreie deine Wildnatur" im Freya-Verlag. www.sigrid-sonberg.at